Bisher erschienen:

Band 1: Lunas großes Abenteuer
Band 2: Im Tal der Gefahren
Band 3: Flucht in die Berge
Band 4: Der verschwundene Mustang

Sabine Giebken

Wildpferde
Mutig & frei

Flucht in die Berge

Illustriert von Tobias Goldschalt

Loewe

Ihre Meinung zählt!

Nehmen Sie jetzt an einer kurzen Elternbefragung des Loewe Verlags teil und beeinflussen Sie die zukünftige Entwicklung unserer Kinderbücher:

www.elternbefragung.online

Unser Kinderbuch-Newsletter bietet alle Infos zu Neuerscheinungen und tollen Veranstaltungen, exklusive Gewinnspiele und vieles mehr!

Jetzt kostenlos abonnieren: www.loewe-verlag.de

FSC
www.fsc.org
MIX
Papier | Fördert gute Waldnutzung
FSC® C020353

ISBN 978-3-7432-1188-9
2. Auflage 2025

Umschlag- und Innenillustrationen: Tobias Goldschalt
Umschlaggestaltung: Ramona Karl

Druck und Bindung:
NEOGRAFIA, a.s., Sucianska 39A, 03861 Martin-Priekopa, SLOWAKEI
produktsicherheit@loewe-verlag.de

www.loewe-verlag.de

Inhalt

Ein seltsamer Vogel

„Wie weit ist es noch, Neo?“, schnaubt Anu.

Neo trabt zu ihr und stupst sie an. „Nicht mehr weit. Wir sind fast da.“

Luna hebt den Kopf und sucht den Horizont ab. Sie laufen schon sehr lange über dunkelroten Wüstenboden. In der Ferne ragen ein paar kahle Bäume in den Himmel. Weit dahinter erheben sich die Berge.

„Neo, sind wir bald da?“, fragt Kaya wenig später.

Neo schiebt sich neben Kaya und schnaubt. „Na klar. Nur noch ein bisschen weiter.“

Aber die Wüste will kein Ende nehmen! Auch Luna ist müde. Und sooooo hungrig! Sie würde am liebsten den ganzen Tag lang futtern. Ihr Körper braucht jetzt viel Energie. Wie immer im Herbst. Damit ihr Fell für den kalten Winter schön warm und flauschig wird.

„Ist es jetzt noch weit, Neo?"

Neo wiehert leise und schließt zu Mato auf. „Nein. Aber eine Weile müsst ihr noch weiterlaufen!"

Ein kleines Fohlen stupst gegen Lunas Bauch. Es ist Lunas Bruder, der im Sommer geboren wurde. Seine Ohren wippen, als er Bocksprünge macht. *Der Kleine hat noch genug Kraft, um zu spielen! Da brauchen die großen Pferde ja wohl nicht zu meckern*, denkt Luna.

Die Sonne steht schon tief. Lunas Magen knurrt. Und die Wüste nimmt immer noch kein Ende. Aber Luna weiß, dass Neo Wasser und Futter finden wird! Neo ist der Leithengst ihrer Herde. Ihm kann sie vertrauen.

„Neeeeeeoooooo, sind wir bald …“, beginnt Hoka.

Neo stampft mit den Hufen auf und wiehert laut: „Zum Donnerwetter, ja, es ist noch weit! Sehr, sehr weit!“

„Sei lieber still“, brummelt Mato seinem Freund zu. „Sonst macht Neo noch Salami aus dir.“

Auf einmal hört Luna ein Rauschen, das immer lauter wird. Der Weg vor ihr fällt steil ab. Er führt in eine Schlucht hinunter. Durch die Schlucht braust ein Fluss. Er sieht tief und gefährlich aus.

Oh je, denkt Luna. Hoffentlich müssen wir da nicht durch!

„Da müssen wir durch“, wiehert Neo in diesem Moment.

Ina bleibt neben Luna stehen. Sie ist nicht nur die Leitstute, sondern auch Lunas Mama. „Sieh doch nur“, brummelt sie und deutet mit dem Kopf zur anderen Seite. „Dort drüben wächst noch richtig viel Gras!“

Neo wagt sich als Erster in den Fluss. Er prüft mit seinen Hufen, wo der Weg sicher ist. Dann stellt er sich ans andere Ufer und wartet.

Zuerst stapfen Anu und Kaya durch das wilde Wasser. Dann folgt Ina mit ihrem

Nachwuchs. Das kleine Fohlen muss beinahe schwimmen, so tief ist der Fluss! Luna schließt sich ihnen an und prustet. Brr! Das Wasser ist eiskalt und die Steine sind glitschig. Aber bald haben es alle geschafft und machen sich gierig über das Gras her.

Eine Weile hört man nur das Rupfen und Malmen und Kauen der Pferde. Luna schnaubt zufrieden. Endlich Futter! Die Abendsonne wärmt ihr nasses Fell. Nur das Brummen stört ein bisschen.

Das Brummen wird lauter und lauter.

Luna hebt den Kopf. Über ihr kreist ein Vogel. Sie sieht seinen Schatten durch das Tal gleiten.

Seltsam.

Das ist ein ganz schön lauter Vogel! Er macht ein wummerndes Geräusch. Sein Schatten wird größer und das Wummern lauter. Der Vogel fliegt genau auf sie zu!

Auf einmal geht alles sehr schnell. Neo wiehert schrill und steigt hoch auf die Hinterbeine. Alarmiert heben die anderen Pferde die Köpfe.

„Schnell, versteckt euch!", ruft Neo. Er scheucht die Fohlen auf. Dann galoppiert er los.

Das Tal endet an steilen Felsen. Zwischen ihnen finden sie ein Versteck. Sie drängen sich dicht zusammen.

„Ist der Vogel gefährlich?“, fragt Anu.

„Wird er uns das Futter stehlen?“, wiehert Hoka ängstlich.

Aber Neo antwortet nicht. Er starrt hinauf zum Himmel. Seine Ohren sind steil aufgerichtet. Seine Nüstern beben.

Der seltsame Knattervogel zieht eine Schleife am Himmel. Dann dreht er ab und fliegt auf die untergehende Sonne zu. Von ihrem Versteck aus sehen sie ihn kleiner und kleiner werden.

Eine unheimliche Stille senkt sich über das Tal.

„Was ist los?“, fragt Luna. Alle schauen Neo an.

Neo lässt den Kopf sinken. Auf einmal sieht er nicht mehr ängstlich, sondern sehr traurig aus. „Dieser Vogel“, wiehert er leise, „hat mir meine Familie gestohlen.“

Neos Geschichte

„Die Tage wurden kürzer", erzählt Neo. „Genau wie jetzt. Wir spürten, dass bald der Winter kommen würde. Und damit der Hunger. Also machten wir uns auf in ein Tal. Ganz ähnlich wie dieses. Ein Tal, in dem es noch Futter gab. Wir wollten uns noch einmal richtig satt fressen.

Ihr müsst wissen: Unsere Herde war anders. Nicht so klein. Mit uns liefen viele Pferde. Sie hätten kaum alle in dieses Tal gepasst! Mein Vater war ihr Leithengst. Er führte all diese Pferde zu den Futterplätzen. Er passte auf, dass ihnen im Schlaf kein Berglöwe zu nahe kam. Er kämpfte gegen andere Hengste. Er verteidigte seine Stuten. Und er wusste immer, wo wir sicher waren! Er brachte mir alles bei, was ich wissen musste, um zu überleben. Er war mein Held. Und ich wollte eines Tages so werden wie er."

Du bist schon wie er, denkt Luna.

„Was ist dann passiert?", fragt Kaya leise.

Neos Augen werden trüb. Er zittert. Aber nicht, weil es kalt ist. Er zittert, weil ihm die Erinnerung wehtut.

„Das Tal endete in einer Sackgasse. Dort standen Zäune. Überall um uns ragten hohe Felsen auf und mein Vater spürte Gefahr.

Aber wir waren so hungrig! Wir brauchten das Gras in dem Tal.

Mein Vater kam zu mir und sagte: Neo – du steigst hoch auf die Felsen und hältst Wache.

Also suchte ich mir einen Platz, von dem aus ich die Herde beobachten konnte. Ein schmaler Pfad führte durch die Felsen bis ganz nach oben. Von dort aus wollte ich aufpassen!

Doch als ich oben ankam, näherte sich mir eine fremde Herde. Ihr Leithengst war jung. Er gab damit an, dass er unsere Stuten stehlen wollte. Sofort begann ich, mit ihm zu kämpfen! Ich wollte so mutig sein wie mein Vater. Wir rannten im Kreis und griffen immer wieder an. Aber wir waren gleich stark, es gab keinen Sieger.

Ich wollte den fremden Hengst unbedingt besiegen ... und ich achtete nicht mehr auf unsere Herde. Ich hörte den Knattervogel nicht. Ich sah nicht, wie er näher kam und die Fohlen erschreckte. Mit lautem Wummern trieb er die Herde vor sich her. Ich hätte sie warnen müssen! Aber bis ich es merkte, war es längst zu spät. Da liefen sie schon in Panik vor dem Knattervogel davon.

Mein Vater wollte sie beschützen. Ich sah es von meinem Platz oben auf den Felsen. Ich sah, wie er hinter unserer Familie her galoppierte. Noch nie hatte ich ihn so gesehen. Er hatte Angst! Er hätte sich in Sicherheit bringen können. Doch er lief nicht vor dem Knattervogel davon. Er versuchte, unsere Familie zu retten."

„Er hat es nicht geschafft, oder?", fragt Anu und stupst Neo sanft an.

Neo lässt den Kopf noch tiefer hängen. „Nein. Der Knattervogel trieb die ganze Herde in die Sackgasse hinein. Zwischen dem Zaun und dem Berg waren sie eingesperrt. Mein Vater tobte und kämpfte, aber er konnte sich nicht mehr befreien! Dann kamen die

Autos. Riesige Autos, mit langen Anhängern. Sie machten einen Höllenlärm und ich ... ich bekam es mit der Angst zu tun und versteckte mich."

„Autos?", fragt Anu und macht große Augen.

„Sie gehören den Menschen", erklärt Ina. „Bull hat uns auch vor ihnen gewarnt, als er noch der Leithengst war."

Neo schluckt. „Als es dunkel wurde, war das Tal leer. Von meiner Herde fehlte jede Spur. Der Knattervogel kehrte noch einmal zurück und überflog das Land. Ich versuchte, ihm zu folgen. Ich wollte meine Familie finden! Aber er war zu schnell für mich.

Seitdem bin ich allein. Ich weiß nicht, was aus meiner Herde geworden ist. Oder aus meinem Vater. Aber ich weiß, dass alles meine Schuld war. Ich habe nicht aufgepasst! Der Angeber war keine Gefahr für uns. Aber der Knattervogel schon. Wegen mir sind sie alle ... nicht mehr da."

Wunsch an den Mond

Es dauert lang, bis sie sich aus dem Versteck zwischen den Felsen heraustrauen. Neo geht zuerst hinaus und sucht mit wachsamen Augen den Himmel ab. Doch alles ist still und friedlich.

Langsam verteilen sie sich wieder auf der Wiese. Das lange Gras schmeckt herrlich würzig und frisch! Bald hört man wieder nur Kauen und Schmatzen und Schnauben.

Da bemerkt Luna, dass ein Pferd nicht frisst. Neo hält am Rand der Wiese Wache. Sie streift zu ihm hinüber und stellt sich neben ihn.

„Ich passe für dich auf", bietet sie an. „Dann kannst du futtern gehen."

Neo schüttelt seine Mähne. „Ich hab keinen Hunger, Luna."

„Du bist immer noch traurig, oder?" Luna schnaubt mitfühlend.

„So viele Tage und Nächte ist das nun her", brummelt Neo, „und ich weiß nicht, was aus ihnen geworden ist."

Luna bleibt neben Neo stehen. Ganz nah. Sie will nicht, dass er allein traurig ist. Wie gern würde sie ihm helfen! Nur ... was kann sie schon ausrichten?

Als es dunkel wird und einem Pferd nach dem anderen die Augen zufallen, blickt Luna hinauf zum Mond. Eigentlich müsste er in dieser Nacht voll sein. Aber der Himmel ist pechschwarz. Kein Mond ist zu sehen.

Luna schläft ein. Sie träumt von knatternden Vögeln, die kommen und Neo stehlen. Auf einmal hört sie ein lautes Geräusch. Erschrocken reißt sie die Augen auf! Aber es ist nur Mato, der im Schlaf gepupst hat.

Doch was ist das?

Luna blinzelt in den Himmel.

Der Mond ist doch noch aufgegangen. Er ist groß und rund und voll! Aber er sieht gruselig

aus. Als hätte ihn jemand in roten Beerensaft getaucht.

Luna entfernt sich ein paar Schritte von der Herde. Niemand weiß von ihrer geheimen Gabe: Sie kann den Lauf der Sterne verändern. Und damit die Zukunft! Nur eine Mondflüsterin schafft das. Aber es muss ein Geheimnis bleiben.

„Hallo", flüstert Luna dem leuchtend roten Mond zu. „Du siehst nicht aus wie sonst. Kannst du mir bitte trotzdem helfen? Ich habe nämlich einen Wunsch. Nicht für mich, sondern für Neo! Kannst du, bitte, bitte, dafür sorgen, dass Neo nicht mehr traurig ist?"

Der Mond färbt sich noch ein bisschen

kräftiger rot. Luna hält den Atem an. Ein paar Augenblicke lang geschieht gar nichts. Dann kribbelt ihr Fell, als würden hundert Ameisen darüber laufen! Ein silbriger Nebel regnet vom Himmel herab.

Und auf einmal fangen die Sterne an, zu wackeln. Sie purzeln ineinander und durcheinander und tanzen wild herum! Luna schnaubt vor Freude und dreht sich mit ihnen, bis ihr schwindelig wird.

Dann löst sich der Silberregen auf und die Sterne flitzen lautlos an ihre neuen Plätze.

Luna bleibt stehen und atmet vorsichtig aus.

Oh. Oooooh! Am Himmel sind nun zwei Pferde zu sehen. Ein Hengst und eine Stute. Die beiden stehen nebeneinander, als würden sie über etwas wachen. Sie sehen stolz aus und sehr weise. Wie ... ein Leithengst und eine Leitstute!

Vor lauter Freude macht Luna einen kleinen Luftsprung. Das da oben am Himmel, das muss Neos Vater sein! Und daneben –

seine Mutter? Werden sie Neos Herde finden? Dann kann Neo zu ihnen zurückkehren und muss nie wieder traurig sein.

Luna will sich eben beim Mond bedanken, als ihr ein Gedanke kommt. Wie erstarrt bleibt sie stehen.

„Aber ... was passiert dann mit uns? Wer wird unser Leithengst sein, wenn Neo zu seiner Herde zurückkehrt? Wir brauchen ihn doch auch!" Ratlos guckt sie hoch in das neue Himmelsbild.

Der Mond leuchtet nur stumm und rot.

Und Luna weiß: Die Antwort auf diese Frage muss sie selbst finden.

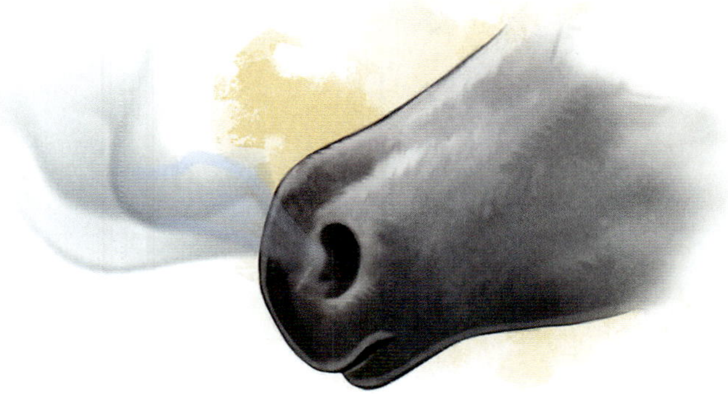

Menschengeruch

„Guck mal. Mein Fell ist schon viel dichter als deins!" Kaya zwickt Mato in die Schulter und wackelt mit dem Po.

„Na und? Mein Fell ist dafür länger." Mato präsentiert stolz das Fell auf seiner Brust.

„Ich habe mehr Unterwolle als ihr!" Anu streckt sich genüsslich. „Wegen mir kann der Winter kommen."

Ina macht ein strenges Gesicht. „Ihr Quatschnasen. Es geht nicht nur um euch! Guckt euch doch mal die Fohlen an. Die haben noch gar kein richtiges Winterfell."

„Oh. Stimmt." Anu lässt die Ohren hängen.

„Und was machen wir jetzt?", fragt Hoka. „Wir können ihnen ja schlecht was von unserem Fell abgeben."

„Ganz einfach", wiehert Neo. „Wir ziehen weiter! Diese Wiese ist leer gefuttert. Und neues Gras wächst erst, wenn die Tage wieder länger werden."

„Och", brummelt Mato. „Aber hier ist es doch so gemütlich! Wollen wir nicht noch ein bisschen ausruhen?"

Ina wirft einen Blick zum Himmel hinauf. „Nein. Ich kann fühlen, dass uns nicht mehr viel Zeit bleibt. Bald kommt der erste Schnee. Dann wird es noch schwieriger, Futter zu finden. Also los!"

Niemand wagt, Ina zu widersprechen. Hoka und Mato meckern auch nur ganz leise herum. Und so machen sie sich auf den Weg.

Es ist ein warmer, sonniger Herbsttag. Der Sandboden leuchtet in goldenen Farben. Sogar die Umrisse der Pferde schimmern. Anu und Kaya stellen sich ins Licht der Sonne und bewundern sich gegenseitig.

„Vielleicht werde ich ja einmal die Leitstute“, wiehert Anu. „Schön genug bin ich jedenfalls!“

„Du?“ Kaya schüttelt den Kopf. „Niemals. Ich bin viel klüger als du. Eine Leitstute muss nicht schön sein. Sondern schlau.“

Hoka und Mato lachen sich kaputt. „Ihr wärt beide keine guten Leitstuten“, prustet Mato.

„Soll das heißen, ihr findet mich nicht schön?“ Anu klimpert mit den Wimpern.

„Das soll heißen, dass du kein Futter finden kannst.“ Hoka deutet auf seinen Bauch. Ein Grummeln ertönt. „Hörst du das? Hunger! Eine gute Leitstute würde jetzt Futter beschaffen. Jetzt sofort.“

„Du hast doch die halbe Wiese leer gegrast“, beschwert sich Anu.

„Genau“, brummelt Kaya. „Eine gute Leitstute passt auch auf, dass du den anderen nicht alles wegfutterst.“

Luna lacht mit den anderen. Aber was ist das? Ein Geruch steigt ihr in die Nase. Ein seltsamer, unbekannter Geruch. Es riecht ein bisschen wie nach Raubtier. Nur ... sauberer.

Auch Ina hebt den Kopf. Sie spitzt die Ohren und wittert. Keiner von den anderen hat den ungewöhnlichen Geruch bemerkt.

Luna guckt ihre Mutter an. „Was ist das?“

Ina schnaubt: „Ich weiß es nicht, Luna.“

Auch Neo reckt die Nase in die Luft. Er läuft ein Stück voraus. Dann kommt er zurück. „Da vorn sind Pferde“, berichtet er. „Eine riesige Herde!“

Erleichtert atmet Luna auf. Pferde! Dann droht bestimmt keine Gefahr. Sie laufen einfach an der fremden Herde vorbei. Es wird schon gut gehen.

Ina passt auf, dass die kleinen Fohlen dicht bei ihren Müttern bleiben. Im goldenen Licht sehen sie die Farben der anderen Pferde: Rappen, Schimmel, Füchse, Braune, Palominos, Schecken – alle Farben sind dabei! Es sind wirklich sehr viele Pferde.

Warum stehen sie so dicht beieinander? Was wollen sie hier in der kargen Wüste?

Dann sieht Luna noch etwas. Und ihr Herz schlägt ein bisschen schneller.

Da ist ein Zaun. Einmal rund um die Herde herum. Die Pferde können gar nicht weglaufen!

Unsicher bleibt Luna stehen. Der seltsame Geruch hängt hier überall in der Luft. Sie muss an Neos Geschichte denken. An den Zaun, hinter dem seine Familie verschwunden ist ...

„Neo", wiehert sie schrill. Sie galoppiert los, bis sie Neo erreicht hat. „Neo, warte, da stimmt etwas nicht! Dieser Geruch ..."

„Ich weiß, wonach es riecht." Neo dreht ihr den Kopf zu. „Es ist Menschengeruch."

Alte Freunde

Sie laufen an dem Zaun entlang. Ina passt auf, dass alle Abstand halten. Aber die fremden Pferde beachten sie kaum! Manche heben kurz den Kopf. Manche zucken nicht mal mit einem Ohr. Sie alle stehen um große Berge mit trockenem Gras herum.

Und sie alle fressen.

„He!“, ruft Mato einem der Pferde zu. „Wie kommt man denn zu euch rein?“

„Gar nicht“, wiehert das Pferd zurück.

„Mist“, brummelt Hoka. „Die haben so viel Futter. Und ich verhungere gleich!“

Mato versucht, den Zaun mit den Zähnen durchzubeißen. Aber der Draht ist zu dick! Sie laufen weiter. Doch nirgends gibt es ein Loch oder einen Durchgang.

Auf einmal nähert sich ein fremdes Pferd dem Zaun.

„Hallo", grüßt es freundlich. „Wo kommt ihr denn her?"

„Wir wollen zu dem Futter", platzt Mato heraus. „Aber wir kommen nicht dran!"

Das fremde Pferd mustert sie. „Ihr seht echt hungrig aus. Seht ihr den Anhänger da vorn? Damit bringen sie uns das Heu! Wenn ihr es schafft, ihn aufzumachen, findet ihr bestimmt noch mehr davon."

„Ooooh, Danke!" Zusammen traben sie los. Ina und die anderen Stuten bleiben mit ihren Fohlen ein Stück zurück.

Der Anhänger ist mit einer Plane abgedeckt. Anu und Kaya zuppeln mit den Zähnen die Knoten auf. Hoka zieht von einer Seite, Mato von der anderen. Die Plane rutscht mit einem *Pflatsch!* von dem Anhänger. Darauf liegen drei große, runde Heuballen.

„Hmm, lecker!" Hoka und Mato stürzen sich auf das Heu. Die Stuten probieren erst ein paar Halme. Aber dann stupsen sie die Fohlen an und alle fressen mit.

Alle – bis auf Neo. Er starrt das fremde Pferd an, das auf der anderen Seite des Zauns steht und zuguckt. Auf einmal wiehert er überrascht: „Das glaub ich nicht! Bist du es wirklich, Nino?"

Neo und das fremde Pferd strecken sich

die Nüstern entgegen. Eine ganze Weile beschnuppern sie sich. Dann quiekt das fremde Pferd auf. „Neo! Ich hätte dich fast nicht erkannt."

Neo schüttelt seine blaue Mähne. „Ich dachte, ihr seid tot! Der Knattervogel war doch hinter euch her."

Nino führt einen Freudentanz auf. „Nein, nein. Der Knattervogel hat uns nichts getan. Die Menschen haben uns hergebracht. Mit ihren Anhängern. Seitdem leben wir hier."

„Geht es euch gut?", will Neo wissen.

Nino legt den Kopf schräg. „Wir kriegen immer genug Wasser und Futter. Aber ich vermisse das Land und die Wüste und die Berge. Und unsere Abenteuer!"

Immer mehr Pferde lösen sich aus der fremden Herde und kommen an den Zaun.

„Neo“, wiehern sie freudig. „Du siehst toll aus!“

Sie begrüßen sich durch den Zaun. Neo kennt noch alle ihre Namen. Die Pferde prusten und schnauben. Und Neo erzählt: Von der Zeit, als er allein war. Von den wilden Eseln. Vom Tal des Todes. Und von Bull und der neuen Herde.

Seine alten Freunde staunen: „Du bist ein

Leithengst geworden? Genau wie dein Vater, Neo!"

Neo stampft aufgeregt mit dem Vorderhuf auf. „Lebt mein Vater auch hier? Könnt ihr ihn holen, bitte?"

Nino lässt die Ohren hängen. „Du kommst zu spät, Neo. Die Menschen haben ihn fortgebracht. Zu dem Berg, der aussieht wie ein schlafender Puma."

„Wo ist dieser Ort?", wollen Neo und Luna gleichzeitig wissen.

„Ich kenne ihn nicht", schnaubt Nino. „Niemand hier kennt ihn. Aber ... es heißt, von dort kehrt kein Pferd wieder zurück."

Neos Herz klopft wie wild. Luna kann es hören.

„Ist meine Mutter auch dort?", wiehert Neo leise. „Bei dem Puma-Berg?"

„Oh, nein!" Nino schüttelt den Kopf. Seine Augen leuchten wieder. „Siehst du das Land, dort, wo die Sonne untergeht? Da ist deine Mutter! Ein Mensch hat sie mitgenommen. Ein ganz besonderer Mensch. Deine Mutter hatte ihn sehr gern."

„Bestimmt wäre er lieber bei ihr", brummelt Neo. „Mein Vater."

„Bestimmt", wiehert Nino.

Neo stellt die Ohren auf. Er lässt seinen Blick über die Ebene schweifen. Dort, wo die Sonne untergeht, glitzert das Land in wunderschönen goldroten Farben! Aber drüben, bei den Bergen, lauern tiefe, dunkle Schatten.

„Dann muss ich ihn finden", schnaubt er. „Und ihn zu ihr zurückbringen."

Das Pferde-Gefängnis

Sie bleiben die ganze Nacht bei Neos alter Herde. Nino erzählt Geschichten von früher. Aber Luna hört nicht zu. Sie muss an Neos Vater denken. Und an das Bild, das die Sterne gemalt haben.

Sie hat sich gewünscht, dass Neo nicht mehr traurig sein muss! Macht der Mond diesen Wunsch nun wahr?

Früh am Morgen zieht Nebel auf. Luna kann kaum die Hufe vor den Augen sehen. Sie frühstücken Heu und verabschieden sich von Nino und den anderen Pferden.

Aber nach wenigen Schritten bleibt Neo stehen. Er trabt zu Ina und verkündet: „Ich muss meinen Vater suchen. Bei dem Berg, der aussieht wie ein schlafender Puma. Ich will euch nicht in Gefahr bringen! Deshalb gehe ich allein dorthin."

Ina sieht Neo lange an. Dann schnaubt sie tief. „Aber Neo. Wir sind eine Herde. Also halten wir auch zusammen! Wir kommen mit dir."

„Klar kommen wir mit", schnauft Hoka.

„Wir machen Salami aus dem Puma-Berg!", wiehert Mato.

„Wir lassen dich doch nicht allein", brummelt Anu.

„Niemals!" Kaya schüttelt den Kopf.

Luna pustet in den Nebel und flüstert: „Du hast uns geholfen, Neo. Und jetzt helfen wir dir!"

Neo senkt den Kopf. Dann stellt er sich auf die Hinterbeine und wiehert: „Danke! Was für ein Glück, dass ich euch habe!“

Und gemeinsam traben sie los, mitten in den Nebel hinein.

Lange, lange laufen sie über schnurgerades Land. Vor ihnen ragen die Berge aus dem Nebel. Der Boden unter ihren Hufen ist aufgeplatzt und rissig. Luna wird müde, aber sie beißt fest die Zähne zusammen.

„Pffff", macht Kaya nach einer Weile. „Mir ist soooo langweilig!"

„Ich hab schon wieder Hunger", jammert Hoka.

„Können wir nicht rasten und uns ausruhen?", bettelt Anu.

Aber Ina bleibt nicht stehen. „Nichts da! Wir müssen die Berge bei Tageslicht erreichen. Hier ist nichts, nur weites Land. Wir rasten, wo es sicher ist."

Luna spürt ein mulmiges Grummeln im Bauch. Wachsam sieht sie sich um. Ina hat recht – wenn sie hier bleiben, könnten sich in der Nacht Raubtiere nähern. Von allen Seiten. Bei den Bergen finden sie sicher einen geschützten Schlafplatz.

Neo umrundet die Herde. Auch er möchte schnell die Berge erreichen.

„Wie weit ist es ...“, beginnt Mato.

„Mato!“, unterbricht Luna ihn. „Wir sind da, wenn wir ankommen!“

Mato schnauft. „Seit wann hast du hier das Sagen? Du bist doch nicht die Leitstute, du Angeberin!“

Nein, denkt Luna. Aber ich meckere auch nicht herum, so wie du!

Plötzlich fällt ihr etwas auf. Dort, links von ihnen – diese Bergspitzen. Die sehen aus wie Ohren! Luna läuft ein Stück darauf zu. Und

tatsächlich, je näher sie den Bergen kommen, desto deutlicher erkennt sie den Umriss: Der runde Felsen ganz oben bildet den Kopf und der lange dahinter die Nase. Der steile Hügel, das ist der Körper. Und die vielen kleinen Felsen davor sind seine Füße, die er weit von sich gestreckt hat.

Der schlafende Puma!

„Wir haben ihn gefunden“, wiehert Luna leise.

Langsam nähern sie sich dem Puma-Berg. Der Nebel geistert um seine Füße. Es ist kalt und sehr still.

„Und was jetzt?“ Hoka kratzt sich am Ohr. „Ich sehe hier keine Pferde.“

Neo geht näher heran und entdeckt einen Tunnel zwischen den Felsen. Der Tunnel führt genau unter dem schlafenden Puma hindurch. Vorsichtig setzt Neo einen Huf hinein. Dann noch einen. Und noch einen.

„Ich sehe Licht", wiehert Neo. „Kommt schon!"

Einer nach dem anderen laufen sie durch den Tunnel. Der Gang ist eng und ihre Schritte hallen laut auf dem harten Boden.

„BUHUU", macht Mato.

Anu und Kaya quieken erschrocken auf.

„Hört auf", schimpft Ina. „Ihr macht ja den Fohlen Angst."

Endlich erreichen sie das Tunnelende und laufen ins Freie. Erstaunt sieht Luna sich um:

Ein schönes, rundes Tal breitet sich vor ihnen aus! Auf der anderen Seite führt ein breiter Weg in die Berge.

„HIIIIIIIIIEEEEEEEEER!“, ruft plötzlich jemand.

Luna zuckt zusammen. Alle drehen sich um.

Und da stehen die Pferde! Sie sind in winzig kleine Gehege gesperrt. Wie in ein Gefängnis. Mit großen Augen gucken sie Luna und ihre Herde an.

Auf einmal stürmt Neo los und wiehert: „Vater!“

Der Knattervogel kommt!

Neos Vater ist ganz dünn und seine Nase ist grau. Aber man sieht, dass er einmal ein stolzer Leithengst war.

„Los“, ruft Mato. „Wir zertrümmern das Gefängnis!“

Mato und Hoka drehen sich um. Mit den Hinterhufen schlagen sie gegen die Zäune! Neo hilft ihnen. Aber die Zäune sind aus Metall. Und Metall ist stärker als Pferdehufe.

„So geht das nicht“, mischt Kaya sich ein. „Wir brauchen einen Plan.“ Schon stecken sie und Anu die Köpfe zusammen.

Luna untersucht die Zäune genau. Sie sehen alle gleich aus. Aber was ist das? Bei dem ganz vorn gibt es einen Riegel. Den haben die anderen nicht! Der Riegel liegt quer. Mit spitzen Lippen schnappt sie danach. Jetzt kann sie den Riegel mit den Zähnen schieben ...

Schnapp!

Das Tor springt auf. Die ersten Pferde sind frei!

„Super, Luna", feuern Hoka und Mato sie an.

Kaya und Anu helfen Luna. Und schon bald haben sie alle Riegel weggeschoben und alle Tore geöffnet.

Neos Vater tritt heraus. Er bleibt vor Neo stehen und schnaubt ganz tief. „Sieh an, was aus dir geworden ist! Ich bin sehr stolz auf dich."

Genau in dem Moment zerreißt ein lautes Dröhnen die Stille. Alle Pferde heben die Köpfe und schauen in den Himmel.

„Der Knattervogel", wiehert Neo. „Lauft!"

Hoka, Mato, Kaya und Anu stürmen zurück zum Tunnel. Aber Ina versperrt ihnen den Weg! Sie blickt Luna ernst an.

Und Luna versteht: Der Tunnel führt in eine Falle. Auf der Ebene findet der Knattervogel sie sofort!

„Mir nach", wiehert Luna laut. Sie stellt sich

auf die Hinterbeine, damit alle sie sehen können. Dann schlägt sie den Weg in die Berge ein.

Luna wagt nicht, sich umzudrehen. Folgen ihr die anderen? Da hört sie donnernde Hufschläge hinter sich. Ja, sie folgen ihr! Lunas Herz pocht wie wild. Sie muss den richtigen Weg auswählen!

Sie muss die Herde in Sicherheit bringen!

Der Weg verzweigt sich. Mal galoppiert Luna links entlang, mal rechts. Immer tiefer gelangen sie in die Berge. Das Dröhnen wird leiser und leiser. Bis Luna den Knattervogel kaum noch hören kann.

„Luna", wiehert Neo hinter ihr.

„Wir haben es geschafft. Wir haben ihn abgehängt!"

Schwer atmend bleibt Luna stehen. Sie wirft einen Blick nach oben. Über ihnen türmen sich die Berghänge zu allen Seiten. Hier findet sie der Knattervogel niemals!

„Geht es allen gut?", fragt Ina.

Mato, Anu, Kaya und die anderen prusten und schnauben. Nur Hoka brummelt: „Also, ich hab schon echt Hunger ..."

Sie bleiben im Schutz der Berge, bis es dunkel wird. Die Nacht ist kalt und sie stehen dicht zusammen. Neo lehnt an seinem Vater. Sie senken ihre Köpfe und flüstern leise miteinander. Und Luna spürt: Neo ist glücklich!

Irgendwann in der Nacht wacht Luna auf. Die anderen Pferde schlafen tief und fest. Luna hebt den Kopf und blickt zu den Sternen.

Dort, von ganz oben, sehen sie zu ihr herunter: der Sternenhengst und die Sternenstute! Aber etwas stimmt nicht mit diesem Bild. Das dort oben ist gar nicht Neos Vater! Er sieht ganz anders aus.

Und wer ist die Stute?

Luna schüttelt langsam den Kopf. Wie seltsam. Der Mond hat ihren Wunsch doch erfüllt: Neo ist wieder glücklich! Warum fallen die Sterne nicht zurück an ihren Platz?

„Luna?", wiehert Ina schläfrig. „Was tust du da?"

Schnell senkt Luna den Kopf. „Ähm … nichts. Ich kann nicht schlafen."

Ina schnaubt leise. „Du hast heute eine große Aufgabe übernommen. Das war auch sehr aufregend."

„Ich habe nur gemacht, was du wolltest", brummelt Luna.

„Oh, nein", antwortet Ina. „Du hast verstanden, wo die Gefahr lauert. Du hast dich für den richtigen Weg entschieden. Du ganz allein hast uns in Sicherheit gebracht."

Luna überlegt. „Das stimmt. Aber hätte das nicht jeder gemacht?"

„Es hat aber nicht jeder gemacht", flüstert Ina. „Sondern du. Denk darüber nach, kleine Luna. Und nun: schlaf schön!"

Der Duft der Freiheit

Sie verlassen die Berge mit den ersten Sonnenstrahlen des neuen Tages. Das weite, flache Land breitet sich in goldenen Farben vor ihnen aus. Und zum Glück ist nirgendwo ein Knattervogel zu hören!

„Danke für eure Hilfe!“, rufen die anderen, die sie aus dem Pferde-Gefängnis befreit haben. Dann galoppieren sie davon.

Nur Neos Vater bleibt bei ihnen. Aber nicht für immer. Neo will ihn dorthin bringen, wo die Abendsonne das Land berührt … wo seine Mutter lebt.

Sie stärken sich an halb verdorrten Grasbüscheln und schlecken den Tau von den Felsen. Die Nacht war kalt und lang. Aber nun scheint die Sonne und wärmt Lunas Fell. Und es tut gut, zu laufen!

Aber das Land ist weit und ihr Weg scheint kein Ende zu nehmen. Als es Mittag wird, haben sie gerade mal die halbe Strecke geschafft.

„Neeeeeeeeoooooo", schnaubt Hoka. „Sind wir bald daaaaaaa?"

Neo und sein Vater sehen sich an. Und beide fangen an zu lachen!

Neos Vater ist sehr dünn und mager. Aber er hat sich noch über keinen Schritt beschwert. Er läuft zu Hoka und stupst ihn an. „Weißt du, was wir immer gemacht haben, wenn wir müde wurden? Oder der Weg kein Ende nahm?"

„Ein Schläfchen gemacht?", schlägt Hoka vor.

Neos Vater schüttelt den Kopf. „Wir haben gesungen!" Dann spitzt er die Lippen und gibt lustige, quietschende Töne von sich.

Sofort scharen sich Luna, Anu und Kaya um ihn. „Das ist toll! Bringst du uns das auch bei?"

Und so schaffen sie den Weg gut gelaunt, quietschend und brummend! Niemand beschwert sich mehr. Und Neos Augen leuchten die ganze Zeit.

Sie folgen dem Lauf der Sonne, bis diese das Land berührt. Dort steht wieder ein Zaun. Aber keiner aus Metall. Dieser ist aus Holz. Jedes Fohlen könnte ihn mit einem Tritt einreißen.

Aus dem Sonnenlicht nähert sich ein fremdes Pferd. Luna und die anderen heben die Köpfe. Im Gegenlicht sehen sie nur seinen Umriss.

Das Pferd kommt dicht an den Zaun.

Jetzt kann Luna es besser sehen. Es ist eine wunderschöne braune Stute!

Neos Vater wiehert leise. Mit zwei Sätzen ist er bei der fremden Stute und drückt seine Nüstern an ihre. Sie begrüßen sich sehr lange. Da nimmt Neos Vater Anlauf und springt einfach über den Zaun zu ihr!

Auch Neo galoppiert los. Luna hält den Atem an. Wird er auch über den Zaun sprin-

gen? Aber Neo bremst kurz vor dem Balken. Er und die Stute begrüßen sich voller Freude.

„Kommt mit“, sagt Neos Mutter. „Mein Mensch legt im Winter immer Heu für die Wildpferde raus.“

Neos Eltern laufen innen am Zaun entlang. Luna und die anderen folgen auf der Außenseite. Auf einmal stehen sie vor einem riesigen, duftenden Berg aus Heu.

„Wohoo“, wiehert Hoka begeistert. „Hier bleib ich!“ Er führt einen Freudentanz auf und springt mitten in den Heuberg hinein. Mato, Anu und Kaya machen es ihm sofort nach.

Luna bleibt stehen und schnuppert. Dieser Geruch liegt wieder in der Luft. Nach sauberem Raubtier. Aber Neos Mutter hat sie an das Heu geführt. Also droht keine Gefahr.

Ina und die anderen Stuten stupsen ihre

Fohlen an. Bald stehen alle um den Heuberg herum und kauen zufrieden.

„Schau mal, Luna“, wiehert Ina. Mit den Lippen fährt sie ihrem Fohlen durch das Fell. „Das Futter hat geholfen. Er hat endlich sein Winterfell bekommen!“

Luna hat keinen Hunger. Sie guckt zu Neo hinüber. Er steht bei Hoka und Mato und frisst. Aber gehört er noch zu ihnen?

Luna geht zu ihm und legt den Kopf schräg. „Bist du denn noch unser Leithengst, Neo? Oder willst du lieber bei deiner Familie bleiben?"

Neo wiehert laut. „Nein, Luna – ich gehöre jetzt zu euch! Das Leben hinter einem Zaun wäre sowieso nichts für mich."

Jetzt knurrt Lunas Magen! Sie stellt sich neben Neo und frisst mit den anderen. *Endlich sind alle glücklich*, denkt sie.

Aber als die Sterne aufgehen, ist das Bild mit den beiden Pferden immer noch zu sehen! Luna blinzelt überrascht. Der Mond hat ihren Wunsch doch erfüllt.

Oder?

„He, Luna", wiehert Hoka plötzlich. „Ich glaub, ich hab da oben auf dem Hügel einen Berglöwen gesehen!"

„Ärgere sie lieber nicht mehr", brummelt Mato, ohne den Kopf aus dem Heu zu heben. „Sonst macht Luna noch Salami aus dir."

Luna prustet vor Lachen. Sie guckt wieder hoch in die Sterne. Und es ist, als würde sie in einen Spiegel blicken.

Der Sternenhengst und die Sternenstute.

Der Mond hat ihr gar nicht Neos Eltern gezeigt. Sondern sie selbst! Sie und Neo. Einen Leithengst und eine Leitstute. Und als Luna das versteht, lösen sich die Sterne aus dem Himmelsbild. Sie purzeln wieder zurück an ihre alten Stellen und kleine silbrige Wolken schieben sich davor.

Auf einmal strömt ein wunderbarer Duft in Lunas Nüstern. Sie sieht sich um. Auch die anderen haben den Duft bemerkt. Alle Pferde heben die Köpfe und blicken zum Himmel hinauf.

Winzige, schimmernde Schneeflocken segeln aus den Wolken herab. Sie sehen aus wie glitzernde Kristalle! Luna streckt die Zunge heraus und fängt sie auf.

Oooh, ist das schön!

Sie freut sich auf den Winter.

Sie freut sich auf alles, was kommt!

Und darauf, eines Tages die Leitstute ihrer kleinen Herde zu sein.

Sabine Giebken, geboren 1979 in München, tauschte mit acht Jahren Ballettunterricht gegen Reitstunden. Schon als Kind schrieb sie Geschichten in Schulhefte, die später zu ihren ersten Pferdebüchern wurden. Nach einem Diplom in Betriebswirtschaft und einigen beruflichen Irrwegen machte sie ihr Hobby vom Schreiben endlich zum Beruf. Sie lebt in Bayern und ist Mama von zwei wilden Kindern, einem anhänglichen Hund und einer selbstbewussten Islandstute.

Tobias Goldschalt verschlug es nach dem Studium zunächst einige Jahre in die Werbung. Nachdem er sich selbstständig gemacht hatte, rückte das Zeichnen wieder mehr in den Mittelpunkt. Heute illustriert er neben Kinder- und Jugendbüchern auch Computerspiele, Grußkarten und Verpackungen.

Das will ich lesen!

Band 1
ISBN 978-3-7432-1175-9

Band 2
ISBN 978-3-7432-1187-2

Band 4
ISBN 978-3-7432-1797-3

Band 5
ISBN 978-3-7432-2036-2